# INSOMNIES

DE

# LEPEINTRE JEUNE,

**LE FRACTURÉ,**

MISES AU JOUR, LA NUIT, PAR LUI ET
SES DEUX GARDE-MALADES,

**LEPEINTRE CADET ET ALPHONSE BESANCENEZ,**

---

**PRIX : 30 CENTIMES.**

---

SE VEND AU BÉNÉFICE DE

**LEPEINTRE JEUNE.**



PREMIER VOLUME.

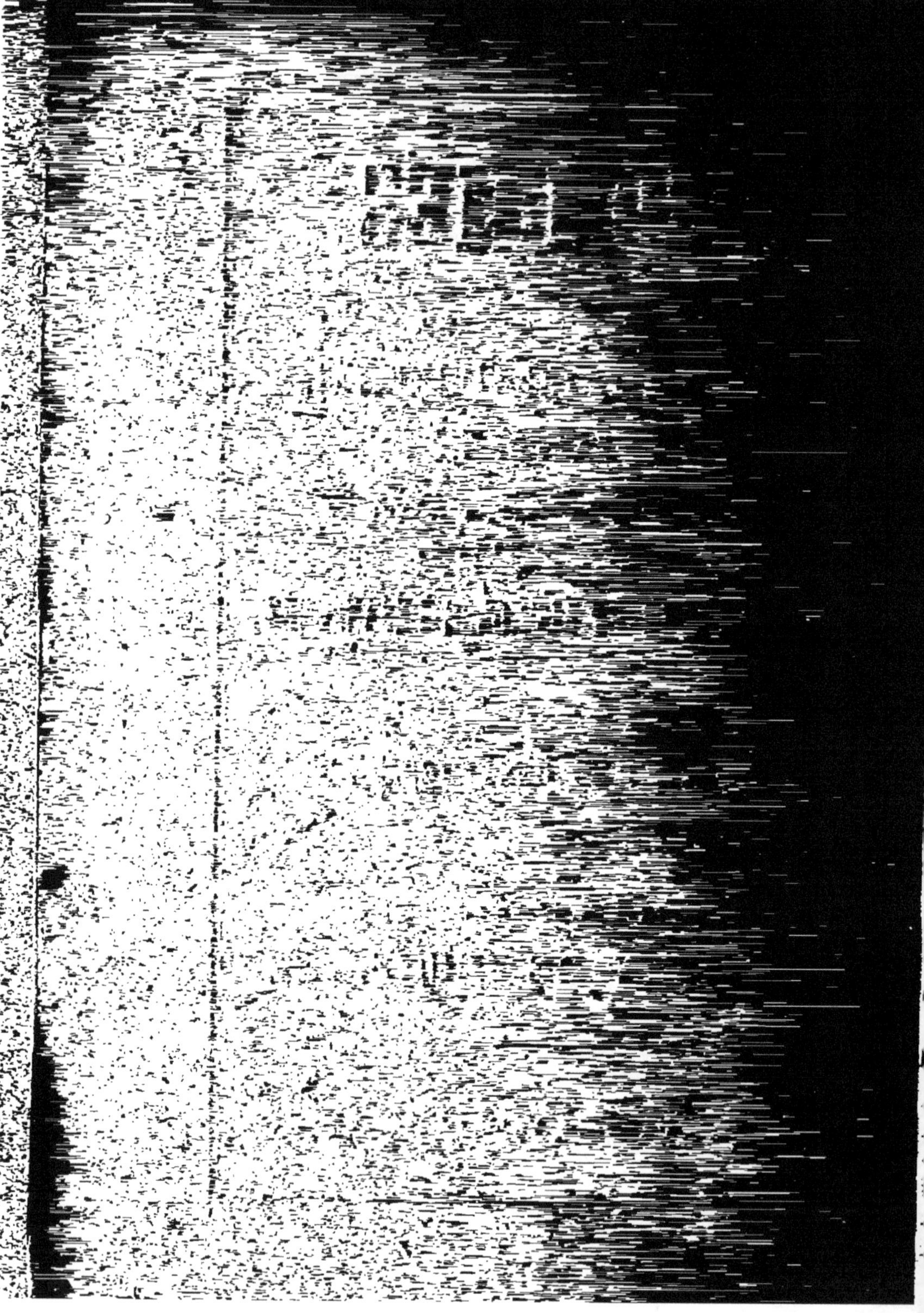

# INSOMNIES

DE

# LEPEINTRE JEUNE,

## LE FRACTURÉ,

MISES AU JOUR, LA NUIT, PAR LUI ET
SES DEUX GARDES-MALADE,

## LEPEINTRE CADET ET ALPHONSE BESANCENEZ,

---

PRIX : 30 CENTIMES.

---

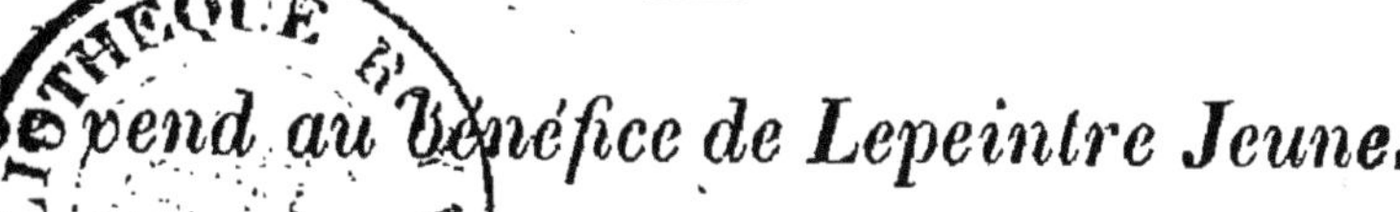

*Se vend au bénéfice de Lepeintre Jeune.*

SE TROUVE :
A SON DOMICILE, rue de l'Échiquier, 27.
Chez MARCHANT, libraire-éditeur, boulevart Saint-Martin, 12.
AU BUREAU DE TABAC DE LA GROSSE PIPE,
Palais-Royal, Galerie Montpensier, 50.
1840

IMPRIMERIE DE Mme Ve DONDEY-DUPRÉ,
Rue Saint-Louis, 46, au Marais.

# *ANNONCE AU PUBLIC.*

---

APRÈS LES TROIS SALUTS D'USAGE,

Messieurs et mesdames,

Vous n'êtes pas sans avoir entendu exclamer ceci : Lepeintre jeune s'est cassé la jambe ! tous les journaux ayant annoncé cette fâcheuse nouvelle, vous avez cru sans doute qu'elle était controuvée. Par malheur, les journaux ont dit vrai, que Dieu le leur pardonne. Quinze jours et plus se sont écoulés depuis que je suis mollement étendu sur les reins épais que m'a donnés la nature. On me fait prendre une tisane de dattes, à moi qui aspire après *celle* de ma délivrance ! Cette boisson fade et peu inspiratrice ne m'empêche pas de chanter, ce que, du reste, les médecins m'ont permis, sinon ordonné de faire.

Comme l'a dit quelque part Béranger : en France, la chanson est une plante indigène ; il aurait pu ajouter que, quand on la cultive soi-même, cette plante a la propriété de calmer les douleurs cuisantes que cause une fracture. Je m'en sers et m'en trouve fort bien ; puissiez-vous en dire autant après avoir lu ce petit volume qui doit le jour à mes insomnies nocturnes.

Grâce aux soins éclairés que me donnent MM. Laugier, Pertus et Guillard, vous pouvez espérer de revoir bientôt Lepeintre jeune aussi bien fait pour le moins qu'avant sa chute. De ces trois habiles docteurs qui m'ont conservé à l'amour du public (la phrase n'est pas de moi, croyez-le bien), un seul a obtenu l'entrée perpétuelle du théâtre du Vaudeville. Il ne dépend pas de moi d'en accorder autant aux deux autres ; mais je leur garderai une vive reconnaissance, que vous partagerez, si la phrase en question a dit vrai.

C'est avec regret, Messieurs et Mesdames, que je cesse de causer avec vous ; mais je sens des picotemens tels que je croirais ma jambe livrée aux fourmis. Ah ! que j'obéirais volontiers à celle qui me dirait comme son aïeule à la cigale :

Vous chantiez, j'en suis fort aise,
Eh bien ! dansez maintenant !

LEPEINTRE jeune.

# INSOMNIES.

## LA JAMBE CASSÉE!

AIR : *Et voilà comme tout s'arrange.*

Quand il est frappé d'un malheur,
Rien ne calme un vrai pessimiste;
Moi, je suis mon consolateur,
Et de tout je ris en artiste.
J'approuve fort des bonnes gens
Cette maxime très-sensée,
Antidote des accidens,
Et que j'appris à mes dépens :
Ça vaut mieux qu'un' jambe cassée!

Le chagrin conduit au cercueil,
La gaîté soutient l'espérance;
Puisque je ne puis fermer l'œil,

Chantons pour calmer ma souffrance.
Faisons des vers, publions-les,
Amis mêlons notre pensée,
Des lecteurs bravons les sifflets !
Au surplus de mauvais couplets,
Ça vaut mieux qu'un' jambe cassée !

Hier, dans un état alarmant,
Un mien ami d'un ton sinistre
Me dit : Ma femme a pour amant
Le petit cousin d'un ministre !
Je veux me venger....— Mais pourquoi?
Ta famille sera placée ;
Tu vas obtenir un emploi,
Et tu cries au malheur ! ma foi,
Ça vaut mieux qu'un' jambe cassée !

Un soir un jeune étudiant
Suivait une grisette ingambe ;
Soudain la pauvrette, en fuyant,
Manqua de se casser la jambe.
Le galant, prompt à la saisir,
Dans ses bras la tenant pressée,
D'un baiser forme le désir :

Oui, dit la belle, avec plaisir ;
Ça vaut mieux qu'un' jambe cassée !

Depuis qu'au lit je suis captif,
Amis, pour moi tout n'est pas rose.
Par exemple un auteur naïf
M'a lu de ses vers, de sa prose.
Lorsque j'eus fini d'avaler
Son œuvre diffuse et glacée,
Ne pouvant, hélas ! reculer,
Je lui dis pour le consoler :
Ça vaut mieux qu'un' jambe cassée !

A Constantine un vieux sapeur,
Amputé pour un coup de lance,
Ainsi résistait au docteur
Qui le menait à l'ambulance :
Merci, major, merci d' vos soins,
Ma bravoure n'est pas lassée :
Je puis courir sur les Bedouins ;
Car je n'ai que l' bras gauch' de moins ;
Ça vaut mieux qu'un' jambe cassée !

## A LA GRACE DE DIEU.

Air : *du Dieu des bonnes gens.*

Gros chansonnier et très-mince poète,
En méchans vers quand j'aligne des mots,
C'est seulement pour occuper ma tête
Lorsque Morphée emporte ses pavots.
Sur vingt sujets qui s'offrent à la ronde,
Le choix, vraiment, m'embarrasse fort peu :
Je laisse aller ma muse vagabonde
A la grâce de Dieu ! (*bis*)

Morte au plaisir, voyez la jeune Ursule,
Qui de l'amour ressent la vive ardeur,
Seulette, hélas ! dans sa triste cellule,
Livrer son âme au divin créateur.
Sur son rosaire elle dit sa prière.
Son regard brille, et sa bouche est en feu,
Et l'autre main s'égare avec mystère
A la grâce de Dieu !

D'un riche hymen l'amant qui court la chance
N'adore pas seulement le veau d'or,

Il veut la dot, mais il a l'espérance
De posséder un plus rare trésor.
Le mariage est une loterie
Où chacun met son bonheur pour enjeu.
En bon joueur, il faut que l'on se fie
A la grâce de Dieu !

De ton talent j'admire la souplesse;
J'aime ta grâce et ton coup d'œil fripon.
O Déjazet, tu nous charmes sans cesse,
Diable en culotte, ou sylphide en jupon.
Si bien que toi qui donc aurait su peindre,
Et Frétillon, et surtout Richelieu ?
Va, laisse aller ta verve sans rien craindre,
A la grâce de Dieu !

Je suis acteur et m'honore de l'être,
Mon art peut-il offenser l'Eternel ?
Sans redouter la menace d'un prêtre,
J'espère un jour trouver ma place au ciel.
Du sacré temple en me fermant la porte,
De mon logis on a fait un saint lieu.
Avec ferveur je prie, et m'en rapporte
A la grâce de Dieu !

## LE CHANTEUR ÉTERNEL.

Air : *Faut d' la Vertu, pas trop n'en faut.*

Je suis heureux de chanter, moi, } *Bis.*
N'importe qui, n'importe quoi.
On voit tant de métamorphoses,
On voit tant de caméléons,
Que sur les hommes et les choses,
On fera toujours des chansons.
Je suis, etc.

Quand j'avais pressé les bouteilles
Que l'on nous présente en naissant,
Je charmais toutes les oreilles
Au bruit aigu de mon plain-chant.
Je suis, etc.

Sitôt sevré, plein de malice,
Et déjà gai comme un pinson,
Accompagné de ma nourrice,
Je fredonnais une chanson.
Je suis, etc.

Au catéchisme, en bon apôtre,
Quand je récitais ma leçon,
Je chantais beaucoup plus qu'un autre;
Car pour moi tout n'est que chanson.
Je suis, etc.

A seize ans, une courtisane,
A mon ardeur sut mettre un frein:
Au fond de mon pot de tisane
Je puisais un piquant refrain.
Je suis, etc.

Soldat, sur le champ de bataille,
En duo, pour chanter encor,
Au canon, notre basse-taille,
J'opposais ma voix de ténor.
Je suis, etc.

Quand l'hymen me prit dans sa nasse,
A ma noce, pas un chanteur!
Brûlant d'amour, devant ma glace

Je me suis chanté mon bonheur* !
Je suis, etc.

Ma verve n'eut jamais de bornes :
J'ai chanté l'amour, l'amitié,
Les oiseaux, les bêtes à cornes,
Et pourtant, je suis marié.
Je suis, etc.

J'aime beaucoup ma ménagère,
Mais, hélas ! si je la perdais,
Par habitude, au cimetière,
Tout en pleurant, je chanterais.
Je suis, etc.

Pourtant, il faut que tout finisse :
Quand la mort viendra m'arrêter,
Amis, je réclame un service ,
A mon convoi venez chanter :
Je suis heureux de chanter, moi ,
N'importe qui, n'importe quoi.

* Historique.

## L'APPARENCE.

AIR : *Vaudeville de l'Anonyme.*

Qu'un Béotien, d'un ton déclamatoire,
Hurle avec feu la plus froide chanson ;
Vous entendrez un stupide auditoire
Sous ses bravos l'écraser sans raison.
Mais voulez-vous convaincre d'imposture
Les méchans vers qu'il prête à Béranger,
Paisiblement faites-en la lecture :
Sur l'apparence il ne faut pas juger.

Plus d'une femme a maudit le caprice
Qui la soumet à la célébrité...
De ce dandy, cet Appollon factice,
Papillonnant autour de sa beauté ;
Il doit sa grâce au tailleur qui l'habille :
Mais, dépouillé d'un attrait mensonger,
Le papillon n'est plus qu'une chenille :
Sur l'apparence il ne faut pas juger.

De mon voisin admirez la tournure,
Sous ce ruban qu'il porte avec fierté ;

A sa moustache, à sa mâle figure,
Chacun se dit : C'est un preux retraité.
Ce n'est pourtant qu'un héros en boutique,
Un citadin, sergent et boulanger.
Avec courage il servit la... pratique :
Sur l'apparence il ne faut pas juger.

Comme à l'église où se vend une messe,
Le doux plaisir chez Rosine a son cours :
La belle, un jour, ouvrant sur ma promesse
Le sanctuaire où siégent les amours,
Après l'office elle dit : Quelle insulte!
Mis comme un duc, vous osez déloger
Comme un vilain! sans mettre aux frais du culte,
Sur l'apparence il ne faut pas juger.

O toi, si prompt à changer en caserne
Le beau palais où tes rois ont trôné,
Peuple, il est temps que ton bon sens discerne
Tes vrais amis des faux qui t'ont prôné.
Fuis, libre oiseau, le filet des promesses
Tendu sans cesse afin de t'encager.
Fais le gros dos aux perfides caresses :
Sur l'apparence il ne faut pas juger.

Que le poltron nous vante son courage,
Le loup-cervier sa sensibilité,
Le fainéant son ardeur à l'ouvrage,
Et l'assommeur son affabilité.
Crédulité trop souvent est bêtise,
Avec le vice à quoi bon transiger?
Opposons-lui cette sage devise :
Sur l'apparence il ne faut pas juger.

---

## MA FANNY.

AIR : *Eteignons la lumière.*

Il pleuvait quand, sur le trottoir,
Un jour je vis ta jambe
Sauter de manière à pouvoir
Rendre un goutteux ingambe.
De tes nombreux poursuivans
J'ai su prendre les devans.
L'amour qui nous enivre
Est le bien
De ceux qui n'ont rien,

On dit qu'aimer c'est vivre,
Ma Fanny, vivons bien.

Jusque chez toi, comme un chaland,
Je te suis à la piste.
« Viens, me dis-tu d'un ton brûlant,
» Me prouver que j'existe.
» Un bon coq mal équipé
» Vaut mieux qu'un pigeon huppé. »
L'amour, etc.

Au vu d'un brevet de fraîcheur
Signé du matin même,
Je dis, sans reproche et sans peur,
Goûtons le bien suprême;
Dieu punira, si j'en meurs,
La salubrité des mœurs.
L'amour, etc.

Bientôt par l'amour enflammé,
Sur ton sein à l'épreuve,
Comme un nourrisson affamé,
De plaisir je m'abreuve.
Peut-on, quand on a crédit,
Rester sur son appétit ?
L'amour, etc.

Tu m'as dit : Mon cœur aux abois
Avec toi s'émancipe;
En recevoir le prix deux fois
N'est pas dans mon principe.
J'ai de l'amour à choisir,
Quand on le paie en plaisir.
L'amour, etc.

Las des faux airs de chasteté
D'un amour qui sanglote,
Pour toi Fanny j'ai tout quitté,
Tout, jusqu'à ma dévote.
De mon feu substantiel
Elle rendait grâce au ciel.
L'amour, etc.

Trompé par les vives couleurs
D'une grosse bergère,
J'appris un jour qu'auprès des fleurs
Peut croître une herbe amère.
D'un mal dont j'étais maigri
Les soins touchans m'ont guéri.
L'amour, etc.

Par bonheur, en tempérament
  Comme un gueux je suis riche;
Tu le sais, ton nouvel amant
  N'est pas de ceux qu'on triche.
 La nuit, le matin, le jour,
 Je veux amour pour amour.
  L'amour, etc.

---

## LE LENDEMAIN DE RIBOTTE.

AIR : *Encore du charlatanisme.*

Qu'un autre emploie à bischoffer
Force citron, sucre et piquette :
Sans apprêts j'aime à m'échauffer
Du jus qu'on tire à la feuillette.
Le bon vin excite à l'amour,
Tant son bouquet nous ravigotte ;
S'il m'a joué plus d'un bon tour,
Grâce à lui, pour moi chaque jour
Est un lendemain de ribotte.

Du vin la brûlante vapeur
Au poltron donne du courage;
Quand il est ivre, il n'a plus peur,
On l'entend prodiguer l'outrage.
Mais si son gant est ramassé,
S'il lui faut accepter la botte,
Avec celui qu'il a froissé
Son ton d'un octave a baissé,
Dès le lendemain de ribotte.

Convive d'un de ces repas;
Où l'Aï pousse à la licence,
Je convoitais de frais appas
Et deux yeux noirs pleins d'éloquence.
Ma conquête a cédé si tard,
Que mon ardeur demeura sotte,
En trouvant son brûlant regard,
A table, hélas! trop égrillard,
Froid le lendemain de ribotte.

Le peuple est bon et généreux,
De sa misère on le voit rire;
Mais, s'il est par trop malheureux,
A ses vœux, rois, il faut souscrire;

Par des promesses abusé,
S'il dort autant que la marmotte,
Si des projets qui l'ont grisé
Aucun ne fut réalisé,
Gare au lendemain de ribotte. !

Aux jours gras pour carnavaler
En Gille un malin se costume;
Pièce par pièce il fait rouler
Tout, jusqu'au prix de son enclume.
Du plaisir quand le feu subit
S'éteint et le laisse en compote,
Il jeûne, il tremble, il se maudit,
Car il n'a plus que l'appétit
Pour le lendemain de ribotte.

N'imitez pas ce tapageur
Dont le vin brûle la cervelle;
Restez sain d'esprit et de cœur;
Quand par hasard le corps chancelle,
Trop boire obscurcit la raison,
Et toujours trop tôt on radote;
Dormir est le contre-poison;
Dormez donc ailleurs qu'en prison,
Tout le lendemain de ribotte.

# LE BEAU POMPIER
## DE MADEMOISELLE LISA.

Air : *On dit que je suis sans malice.*

L' municipal, quoi qu'on en dise,
N'est pas un soldat à ma guise,
Le dragon est trop indolent,
Le lancier trop inconséquent.
Le houzard est par trop volage,
Le cuirassier vous met en nage...
Foi d' Lisa, dans l'état d' troupier,
Je n' vois rien d' si beau que l' pompier

Autant qu' mame Adam j'aime la pomme,
J'en mange; z'avec plus d'un homme,
Jamais aucun n' fit battr' mon cœur
Comm' Polidor, mon beau sapeur!
Un Vésuve était dans mon âme,
Lui seul en éteignit la flamme.
Foi d' Lisa, dans l'état d' troupier,
Je n' vois rien d' si beau que l' pompier!

Si jadis la Belle Écaillère,

Périt d' la main de son confrère,
Y n' faut pas croir' que de c' beau corps
Tous les membres soient si butors.
Au mien quand j' fais une bamboche,
Y n' s'en veng' qu'avec un' taloche.
Foi d' Lisa, dans l'état d' troupier,
Je n' vois rien d' si beau que l' pompier!

De me plair' tant son cœur pétille,
Souvent y m' dit : Lisa, ma fille,
Je vas te m'ner faire un p'tit tour,
Et rigoler z'à l'Il'-d'Amour,
Sous mon bras, comme sous les armes,
Dieu! que sa tournure a de charmes!
Foi d' Lisa, dans l'état d' troupier,
Je n' vois rien d' si beau que l' pompier!

Un certain jour, à la Colonne,
Je vis mon enfant de Bellone
Mettre à sec un réservoir d'eau,
Afin d' calmer plus d'un cerveau.
Il fait la guerre avec des douches,
C'est pas si malsain qu' des cartouches.
Foi d' Lisa, dans l'état d' troupier,
Je n' vois rien d' si beau que l' pompier!

Ce corps civil et militaire
Plus que tout autre est nécessaire,
Et pourtant il est peu fêté
Par les habitans d' not' cité ;
Mais leur froideur cesse bien vite
Quand la flamme embrase leur gîte.
Alors ils disent : En fait d' troupier,
Il n'est rien d' si beau que l' pompier !

—

## A BAS LE BOURREAU !

AIR : *T'en souviens-tu, etc.*

Du vieux régime en brûlant les guenilles,
Le populaire a-t-il beaucoup gagné ?
Sa foudre en vain a rasé des bastilles,
Quand l'échafaud par elle est épargné.
Des vieux abus le plus intolérable
Devait tomber avec le blanc drapeau :
La vie au moins serait inviolable,
Crie avec moi, peuple : A bas le bourreau !

De mort légale en punissant le crime,
Vous répétez, peu sûrs de bien agir,

De Jésus-Christ nous suivons la maxime,
Car il a dit : Qui tua doit mourir.
A qui n'a pas sa divine puissance
Qui peut rouvrir la porte d'un tombeau,
Législateurs, Dieu défend la vengeance;
Sa grande voix crie : A bas le bourreau !

Du crime né flétri par héritage,
Un paria d'autrui verse le sang ;
Le mot vertu n'est pas dans son langage,
Et le frapper, c'est frapper l'innocent.
De la science au vice ouvrez le temple,
Et de ses yeux tombera le bandeau ;
La mort pénale est un funeste exemple;
Thémis en pleurs crie : A bas le bourreau !

L'accusateur gagna trop de victoires
En combattant la pitié, la raison;
Trempé du sang de ses réquisitoires,
Le pain qu'il gagne est pour lui du poison.
Son froid placet qu'il enjolive et brode
Fit trop souvent tomber l'affreux couteau ;
Au jeune siècle il faut un nouveau code;
La liberté crie : A bas le bourreau !

Ce criminel, hélas ! avant de l'être,
De sa raison déjà portait le deuil,
On lui devait une loge à Bicêtre,
Clamart reçut ses débris sans cercueil.

Détruire un fou n'est plus qu'un acte infâme
Quand du délire on guérit le cerveau.
Changeons le juge en médecin de l'âme;
L'humanité crie : A bas le bourreau !

Par la victoire un jour mise à l'épreuve,
La vieille Grève a chassé les Tristans ;
Des condamnés l'insatiable veuve
Ne souille plus ses pavés triomphans.
Samson a peur, son échafaud se cache ;
Le jour va luire, et ce jour sera beau,
Où, de nos lois lavant la rouge tache,
On l'entendra dire : A bas le bourreau !

---

## UN RÊVE !

### *A LUCIE.*

AIR : *En chantant joyeux troubadour.*

Lancé sur la mer des regrets,
Sous un ciel de plomb sans étoiles,
Hier encor riche en mâts, en voiles,
Mon vaisseau perdait ses agrès.
Du fil embrouillé de ma vie
J'allais rompre enfin l'écheveau !

Tu m'apparus, et de nouveau
D'exister j'eus l'envie. *bis.*

Dans tes bras en songe arrivé
Sur les ailes de mon bon ange,
J'offre à Dieu mon âme, en échange
Du ciel qu'avec toi j'ai rêvé!

Il fallait, je l'avais juré,
Pour charmer mon âme endurcie,
Un miracle! Eh bien! ma Lucie,
Tes jolis yeux l'ont opéré.
Aurais-je en toi femme qui m'aime?
Dis oui, je bénirai mon sort,
Dussé-je, hélas! t'aimer trop fort
Pour être aimé de même.

Dans tes bras en songe arrivé
Sur les ailes de mon bon ange,
J'offre à Dieu mon âme, en échange
Du ciel qu'avec toi j'ai rêvé!

« Nier l'amour, c'est blasphémer! »
Disais-tu, l'œil brûlant de flamme.
« A toi ma vie, à toi mon âme;
» Consens à vivre pour m'aimer.
» C'est la félicité parfaite
» Qu'ici je viens te révéler;
» Dieu m'ordonne de consoler:
» Sa volonté soit faite! »

Dans tes bras en songe arrivé
Sur les ailes de mon bon ange,
J'offre à Dieu mon âme, en échange
Du ciel qu'avec toi j'ai rêvé !

Le premier baiser que je pris
Fut repoussé comme une offense.
Plus tu m'opposais de défense,
Plus ta défaite avait de prix.
Mes désirs te rendaient peureuse ;
A les combler que tu tardais !
Même en cédant tu me grondais ;
Mais tu semblais heureuse.

Dans tes bras en songe arrivé
Sur les ailes de mon bon ange,
J'offre à Dieu mon âme, en échange
Du ciel qu'avec toi j'ai rêvé !

Un baiser long comme un beau jour,
En Eden transformant ma couche,
Nous a, folle et fou, bouche à bouche,
Transportés au divin séjour.
Au réveil de la douce étreinte
Qui nous avait *siamoisés*,
Mes yeux, par l'amour embrasés,
Ont retrouvé l'empreinte.

Dans tes bras en songe arrivé
Sur les ailes de mon bon ange,

J'offre à Dieu mon âme, en échange
Du ciel qu'avec toi j'ai rêvé !

De toi je garde un souvenir
Par qui mon ame est enivrée !
D'amour, hélas! trop tôt sevrée,
Ma vie est toute en l'avenir.
Quand tu voudras que ce beau songe
Devienne une réalité,
Je croirai que la charité
N'est point un vil mensonge.
Dans tes bras en songe arrivé
Sur les ailes de mon bon ange,
J'offre à Dieu mon ame, en échange
Du ciel qu'avec toi j'ai rêvé.

—

## LE GOGUETTIER.

AIR : *Voilà, voilà, le grenadier français.*

Le goguettier, vrai philosophe,
Chantant l'hiver, chantant l'été,
Par ce refrain de bonne étoffe
Folie, espoir, plaisir, gaîté,
Sait endormir sa pauvreté.

De ses chagrins qui le console?
C'est le vin et la gaudriole.
Il dit, n'ayant pas d'héritier,
Des morts j'attends le coffretier;
Voilà (4 *fois*) le joyeux goguettier.

Le goguettier, à la goguette,
Est président tous les huit jours,
Après ses trois coups de sonnette,
Il résume ainsi son discours :
Chantez souvent, buvez toujours.
Pour le tapage il est sévère;
Il faut sans bruit vider son verre.
De l'ordre il ouvre le sentier
En pochardant chaque émeutier;
Voilà (4 *fois*) le sage goguettier.

Le goguettier, quand minuit sonne,
Laisse endormir son pourvoyeur.
D'amis il forme une colonne
Et dans la rue on chante en chœur
Un joyeux refrain de buveur.
Des municipaux la patrouille,
Qui souvent avec lui se brouille,
Un soir, oubliant son métier,
Répéta le chœur tout entier;
Voilà (4 *fois*) l'entraînant goguettier.

Le goguettier, sensible et tendre,
Près d'une belle est si pressant,
Qu'on ne peut refuser de prendre
Le bras que d'un air caressant,
Il offre presqu'en rougissant.
S'il voit que sans peine on l'écoute,
Des écoliers il prend la route ,
Et s'il se trompe de quartier,
Dans sa poche il a son portier.
Voilà (4 *fois*) le galant goguettier.

Le goguettier n'aime la messe
Que quand on la dit à minuit.
De ses péchés il se confesse
A sa Lisette qui, sans bruit,
Du pardon tire un bon produit.
Allez, caffards que Dieu méprise,
User les dalles de l'église,
L'artisan prend pour bénitier
Le comptoir d'un cabaretier.
Voilà (4 *fois*) le dévot goguettier.

Le goguettier, d'humeur bachique,
N'aime pas à politiquer,
Il sait que, traduite en cantique,
La charte ne peut provoquer
A chanter, à rire, à trinquer.
Pourtant, dans son réquisitoire,
Il disait, avant sa victoire

Contre un royal banqueroutier:
Aux tyrans jamais de quartier.
Voilà (4 *fois*) le prudent goguettier.

Le goguettier, quoique peu riche,
Rencontre-t-il en son chemin
Un bon vivant que le sort triche,
Aussitôt il lui tend la main,
Ils sont amis le lendemain.
Quand il a dit : Mon camarade,
Ce n'est pas un mot de charade,
Il croit qu'on ne meurt pas rentier
A moins d'être un grand carottier.
Voilà (4 *fois*) le parfait goguettier.

---

## LES LUNETTES.

AIR : *Vaudeville de la Famille de l'Apothicaire*

De nos badauds du boulevard
Un jour, imitant la sottise,
J'approche auprès d'un juif bavard,
Qui nous prônait sa marchandise.
Pour me punir du fol espoir
De faire à bas prix des emplettes,
Il m'a volé montre et mouchoir,
Tout en m'essayant ses lunettes.

Du jeune novice à Paris
Vous excitez l'ardeur précoce,
Lascives nymphes de Cypris,
Qui de l'amour faites négoce.
Sous de brillans atours musqués,
Et malgré vos grâces secrètes,
On vous loge entre les deux quais
Des orfèvres et des lunettes.

Quand un almanach de trois sous,
Avant de me mettre en voyage,
M'annonce un ciel calme, un air doux;
Je pars sans redouter l'orage.
S'il tombe une averse en chemin,
Je dis: Pour tromper nos prophètes,
Le temps aura posé la main
Devant leurs savantes lunettes.

Au terme je reçus congé
D'un logis pas cher et commode;
Ailleurs à peine emménagé,
Le portier m'explique son code:
Il ne faut pas rentrer trop tard,
Ni donner asile aux grisettes,
Ne jamais lancer de pétards,
Et ne pas salir les lunettes.

FIN.

www.ingramcontent.com/pod-product-compliance
Ingram Content Group UK Ltd.
Pitfield, Milton Keynes, MK11 3LW, UK
UKHW022157190726
13855UKWH00004B/1527